DISNEY
魔雪奇緣
FROZEN

短篇故事集 2

新雅文化事業有限公司
www.sunya.com.hk

魔雪奇緣短篇故事集 2

作　　者：Suzanne Francis, Valentina Cambi, John Edwards
翻　　譯：張碧嘉
責任編輯：胡頌茵
美術設計：郭中文
出　　版：新雅文化事業有限公司
　　　　　香港英皇道499號北角工業大廈18樓
　　　　　電話：(852) 2138 7998
　　　　　傳真：(852) 2597 4003
　　　　　網址：http://www.sunya.com.hk
　　　　　電郵：marketing@sunya.com.hk
發　　行：香港聯合書刊物流有限公司
　　　　　香港荃灣德士古道220-248號荃灣工業中心16樓
　　　　　電話：(852) 2150 2100
　　　　　傳真：(852) 2407 3062
　　　　　電郵：info@suplogistics.com.hk
印　　刷：中華商務聯合印刷（廣東）有限公司
　　　　　廣東省深圳市龍崗區平湖街道鵝公嶺春湖工業區10棟
版　　次：二〇二四年二月初版

ISBN：978-962-08-8314-9
© 2024 Disney Enterprises. Inc.
All right reserved.
Published by Sun Ya Publications (HK) Ltd.
18/F, North Point Industrial Building, 499 King's Road, Hong Kong
Published in Hong Kong SAR, China
Printed in China

目錄

DISNEY

魔雪奇緣
FROZEN

值得慶祝 的日子

安娜和愛莎去了一趟小矮人谷，探望一班老朋友。在回家路上她們全程都在說一件事——上次開放阿德爾城堡已經是多年前的事了，她們也認為舉行城堡開放日是一件值得慶祝的事。

「從前，在城堡閘門打開之前，我們甚至還不認識這裏的人民。」安娜說。

愛莎點頭說：「他們也不認識我們。」

「我們整個孩童時期——」安娜開始說。然後，她驚訝地倒抽了一口氣。「愛莎，你看！」

安娜還未來得及細說，一個美麗的景象已映入眼簾。整條大橋的兩旁，站滿了阿德爾王國的人民！這是大家為愛莎和安娜安排的一個驚喜，熱烈地夾道歡迎她們回來。

雪寶揮着手叫道：「我很期待明天的慶賀城門永遠大開暨不再關門紀念日！」

羣眾傳來此起彼落的回應，互相說着祝賀的話。

「這天真應該成為一個公眾假期。」雪寶笑着說。

　　安娜感謝大家如此體貼的安排，同時宣布：「各位，我
誠意邀請大家明天來城堡，跟我們一起好好慶祝。」

　　現場氣氛相當熱鬧，大家都興奮地討論着可以怎樣出一
分力。

　　「我會帶巧克力。」其中一人說。

　　「我會造一個杏仁餅蛋糕！」另一人說。

　　「我會帶相機來拍照。」第三個人提議。

　　回到城堡裏，安娜和愛莎有不少預備工夫要做。她們要將這個消息傳給主意多多的商人朋友奧肯、冰雪皇宮、小矮人谷，還有魔法森林。

　　雪寶拿起一些紙張和一枝鉛筆，說：「我來寫邀請信吧！」

　　「然後可以請風之靈基爾幫忙派送。」愛莎說。

　　他們一起計劃和做準備，直至萬事俱備。

愛莎打開窗戶，風之靈迅速來到，捲起雪寶的邀請信。

「嗨，基爾！」雪寶笑着說。

基爾繞着雪寶和愛莎轉了一圈，很高興能幫得上忙。不久後，邀請信就隨着基爾吹出窗戶，往峽灣出發了。

邀請信吹到了奧肯手上，他整個人容光煥發。

「是慶典啊。」他說，「我們帶些棉花糖去吧！」

基爾又將邀請信吹到北邊的山裏去。冰雪巨人棉花糖看到邀請信時笑得開懷。小雪人們在旁蹦蹦跳跳，也很期待參與呢！

基爾將邀請信帶到魔法森林。
大地巨人正在打瞌睡，所以基爾將
信件放在安全的地方。

水之靈諾克和火之靈小布都急
不及待想到王國裏參加慶典。

基爾把最後的邀請信放
到睡着了的小矮人旁邊。

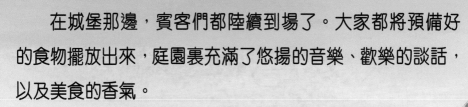

在城堡那邊，賓客們都陸續到場了。大家都將預備好的食物擺放出來，庭園裏充滿了悠揚的音樂、歡樂的談話，以及美食的香氣。

安娜對着愛莎微笑，悄聲說：「一切準備就緒。」

愛莎用力握了安娜的手一下。「相信大家一定會玩得很高興。」她說。

安娜也顯得非常興奮。「沒錯,我急不及待想開始今天的重點環節了!」她說。

安娜把小孩子邀請到室內，那裏
停泊着一行腳踏車。「你們選一輛，
然後坐上去，跟我來吧！」她說着，
就坐上自己的腳踏車。

孩子們跟隨安娜穿過走廊，在城堡裏四處參觀。

他們在肖像畫室裏蹦蹦跳跳……

又跟騎士打招呼。

最後，他們來到了皇宮典禮大廳，愛莎正在那裏等候着。

安娜數着：「一、二、三──」

所有孩子都拍着手高呼：「施展魔法吧！施展魔法吧！」

愛莎笑着擺動雙手。冰雪開始緩緩落下，迅速形成了美麗的雪山。

皇宮典禮大廳成為了一個魔法冰雪樂園。

安娜問：「你們想堆雪
人嗎？」

「想啊！想啊！」孩子
們齊聲歡呼。

他們全都一起堆着雪
人——連雪寶也來參加呢。

不久，有孩子在興奮地叫道：「雪人的頭啊——
是活的！」

一個微笑着的小雪人從一個雪堆上跳了下來，
於是大家都跟着他往外跑。

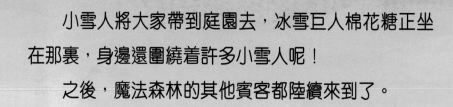

小雪人將大家帶到庭園去，冰雪巨人棉花糖正坐
在那裏，身邊還圍繞着許多小雪人呢！
　　之後，魔法森林的其他賓客都陸續來到了。

　　首先，基爾捲動着身體，迅速地移動過來了。他圍繞着小孩，跟他們玩耍，把他們提到空中。

　　然後，諾克也來了。大家都停下來凝視他帥氣地甩着鬃毛。

　　大家都顧着注視基爾和諾克，沒有人留意到小布竄到庭園裏，躲到其中一張桌子下。

當大家終於發現了火之靈，他們都忍不住指着小布說：

「快來看看。」

「太可愛了。」

「哎啊，他剛舔到自己的眼睛呢！」

小布也很興奮，把火焰也熾熱地燃燒起來呢！

這時，小布上面的桌布着火了，幸好愛莎及時用魔法將火救熄！

小布跳到她手上，愛莎溫柔地向他灑了一些令人平靜下來的小雪花。

一切都似乎平靜下來了。然而，地面忽然開始震動。

一個女孩指着峽灣叫道：「那是什麼？」

「是大地巨人。」安娜解釋說，「他們也來一起參加慶典。」

大地巨人越走越近，每一步都帶來震動。

安娜突然嚇了一跳。「城堡的閘門啊!」她邊說邊奔向
閘門。「大門快要關上了!」

「噢,糟糕了。」雪寶說,「閘門不能關啊!」

安娜嘗試引起大地巨人的注意。「等等──等一下!」
她叫道,想叫他們停下來。

剎那間，小矮人們出現了！他們滑過閘門，用力支撐着，再用力把門推開，所有賓客都大力拍掌歡呼！

「熱烈慶賀城門永遠大開暨不再關門紀念日！」安娜說。

羣眾的回應此起彼落。安娜和愛莎看着這一切，心裏非常感恩。她們知道這實在是最特別、最值得慶祝的一天。

魔雪奇緣 FROZEN

睡不着的大地巨人

經過了漫長的一天，魔法森林裏一切都歸於寂靜。
大家都開始放鬆下來，小至火之靈小布，大至大地巨人，
都一同休息。

轟！轟！轟！

嗯，不是每個大地巨人都能好好休息。

　　愛莎跟安娜和一眾朋友剛好來到探訪，抬頭看着那個讓地面震動的大地巨人。

　　「他為什麼睡不着呢？」安娜說。

　　「他似乎有點煩惱，但不知道他在煩惱些什麼。」愛莎說。

　　大地巨人也回答不了她們，只見他繼續四處走動，看起來很焦躁，很疲倦。

「不如我們試試幫忙吧？」愛莎說。

「我們可以做些什麼？」雪寶問。

安娜也加入討論，說：「小時候，母親總會在睡前
確保我們的牀很舒適，讓我們可以安然入睡。」

「那我們用苔蘚鋪成一張牀給他，好嗎？」安娜提議。

「這主意完美極了！」愛莎回答。

自然之靈很熟悉魔法森林的每個角落，他們協助大家找到了所需的一切材料，讓他們可以建成一張巨大又舒適的苔蘚牀。

大地巨人躺上了這張特別的牀，似乎也很享受。
大家都很開心。經過一番忙碌，漢斯和雪寶很快便沉
沉入睡。

然而，這安靜的時刻只維持了一陣子。大地巨人
仍是無法入睡！這次，愛莎想到了一個主意。「不如
我們唱搖籃曲吧！」她提議。

雪寶雙眼亮起來了。「我最愛搖籃曲了！」

「我想到了一首歌，以前我哄小矮人睡覺時會彈的！」克斯托夫說着，回憶起他照顧小矮人朋友的時光。

克斯托夫彈着魯特琴，唱着搖籃曲，大地巨人也
閉起雙眼。甜美的音樂終於令這個大地之靈慢慢睡去，
小布也睡着了。

沒多久，大地巨人突然站起來了！他非常清醒。

「也許他不太喜歡搖籃曲。」雪寶猜着說。

「應該不是這個問題⋯⋯」愛莎說。

安娜想了一會，想着其他解決辦法。「我們以前睡不着的時候，葛達會給我們沖杯草本茶！」她叫喊起來。

「這似乎能對症下藥。」愛莎說，「魔法森林裏
有些根莖植物，有令人放鬆的功效。」

「太棒了！我們去採摘一些吧！」安娜說。

「好像很好玩呢！」雪寶同意。

愛莎和安娜找到適合的草藥後，
自然之靈協助他們煮出特製的茶，給
睡不着的大地巨人飲用。

大地巨人喝了一口。大家
都希望這杯茶能發揮功效。

可惜，草本茶也沒有效用！大地巨人放下了茶杯，然後抓了抓他的背脊。

愛莎走近看看，發現大地巨人的背部長滿了奇怪的菇類植物。「這些蘑菇一定令他十分痕癢！」她說。

「蘑菇？」雪寶問道。

「你之前在哪裏睡啊？」安娜問。

大地巨人指着河邊的一塊泥地。

「他睡着的時候，可能有些蘑菇的孢子吹到了他的背上！」愛莎說。

「如果我們採摘了這些蘑菇，我想大地巨人就不會再感到不適了！」愛莎說。

大家都一致認同。於是，大地巨人躺了下來之後，大家便立刻開始為他清理身上的蘑菇。

雖然找到了令大地巨人感到不適的原因，但他失眠的問題還未圓滿解決。

「他需要一個更適合睡覺的地方……」愛莎若有所思，說着。

「那邊的草原怎麼樣？」克斯托夫提議。

大地巨人挺喜歡這個建議，於是快步前往花田裏去。他愉快地坐在草地上，環看四周。這裏一顆蘑菇也沒有呢！

大地巨人打着呵欠，終於預備去睡覺了！
自然之靈、愛莎、安娜一行人都很疲倦了，很
想好好睡覺。

「晚安！」雪寶說着，親切地抱着大地巨
人的手指。

回到營火旁邊，安娜和愛莎的心情都很放鬆。

轟！轟！轟！

但是，這次的這腳步聲並不是大地巨人的，而是來自

克斯托夫。「有人想喝點蘑菇湯嗎？」

魔雪奇緣2
FROZEN II

❄ 求婚大作戰 ❄

克斯托夫正在收拾行裝，準備出發到黑山，為安娜公主尋找一份非常特別的禮物。

他最好的朋友斯特也一如以往地預備好隨時為他奔馳。

「你帶上了提燈嗎？」斯特問，雖然牠的聲音跟克斯托夫的非常相似。

「當然了，我的好伙伴。」克斯托夫回答。

「那麼紅蘿蔔呢？」斯特提醒他。

「就在這裏。」克斯托夫說着，將一條紅蘿蔔遞給他的朋友。

「別忘了你的鶴嘴鋤啊，」身後傳來了另一把聲音，
原來是雪寶。「還記得上次你沒帶呢。」

「謝謝你，雪寶。」克斯托夫說。但他隨即驚訝地轉
過身來，看着他說：「雪寶？」

「你要遠行嗎？」好奇的雪人問道。

　　克斯托夫抓抓頭。他原本想這次是個秘密旅程，但又
不想對朋友說謊。「是的，上去黑山那邊。」他說。

　　「噢，旅途愉快！」雪寶說。

　　「你不想來嗎？」克斯托夫有點驚訝地問。

「下次吧，」雪寶說。「安娜答應了讓我一起去讀她的新書。她說書裏有許多趣聞。」

雪寶帶着愉快的心情蹦蹦跳跳地離開，克斯托夫和斯特都鬆了口氣。好險啊！

斯特和克斯托夫向着黑山的高峯前進，來到了一個
被人遺忘甚久的礦洞入口。

洞穴裏黑漆漆的，克斯托夫和斯特都很慶幸帶上了提燈。

克斯托夫很快到了一個適合開鑿的位置。他們一整晚都一起挖掘。

終於，他們找到了要找的東西。「啊哈！」克斯托夫拿起了一塊凹凸不平的水晶。

「但那只是一塊石頭啊！」斯特疑惑地說。

「別擔心，」克斯托夫說，「我們還未完成呢。」

接下來，克斯托夫和斯特前往活石谷。他們抵達之後，山裏的小矮人都出來熱情地迎接他們。

「你找到了嗎？」克斯托夫的小矮人養父克里夫熱切地問道。

克斯托夫從背包拿出石頭給他看。「嘩，真美啊！」養母波達笑着說，「美極了！」

斯特仍然不太認同
這塊石頭是送給安娜的
合適禮物。然而,那時
有一堆小矮人帶着一些
精緻的小工具,圍在石
頭旁邊開始工作了。

　　他們精心刻鑿雕琢,
直至石頭變成了一顆閃
閃生輝的鑽石藝術品!

斯特和克斯托夫從來也沒有見過如此
瑰麗大方的定婚戒指。

波達問：「那麼，你打算怎樣求婚？」

克斯托夫已經想過很多遍了。他拿起戒指，轉向斯特。斯特眨了幾下眼睛，抖着牠長長的睫毛──這樣模仿安娜實在太像了！

「在適當的時機，」克斯托夫解釋說，「我會深情款款地望着她的雙眼，然後說……嗯，到時候我就會知道要說什麼。」

波達擔心地轉向克里夫說：「他是你的兒子啊。」

波達將克斯托夫帶到一旁，給了他一些睿智的
意見，教他該怎樣向安娜求婚。

「但我怎樣知道什麼時候才是適當的時機？」克斯托夫問。

「噢，你會知道的。」波達很有智慧地回應。

回到阿德爾王國後，克斯托夫列了一張清單，要做齊這些事情才能確保求婚順順利利。

首先，他想得到愛莎的祝福。原來，這比他想像中容易呢。

　　然後，他要找到一個適當的時機和合適的地方向安娜求婚。克斯托夫一次又一次地尋找和嘗試，但原來求婚真的不簡單。

正當他以為這最適當的時機不會出現的時候，時機就來了！克斯托夫單膝跪下，從口袋中拿出戒指。「安娜，」他說，「你是我認識的人中最非凡的一個。我全心全意愛你。你願意嫁給我嗎？」克斯托夫說。

安娜感動得熱淚盈眶，都是快樂的眼淚。「願意！」她大聲說。

克斯托夫高興地抱起了安娜，心想着波達說得真有
道理。他的確會知道求婚的時機。他也知道自己最想要
的，就是這輩子都跟安娜在一起。

愛莎聽到一把神秘的聲音不斷在呼喚她。為了守護王國，愛莎毅然獨自探索，追尋神秘的聲音。愛莎騎着水之靈駿馬諾克，跟隨着那把呼喚她的聲音來到神秘的阿圖哈蘭河，別人都說這條河藏着過去的秘密。或許她能在那裏找到線索，擺脫魔法森林四周迷霧的纏繞。阿德爾人和挪書特人已經被困於這裏超過三十年了，這或許是能讓他們得到釋放的唯一機會。

那把聲音越來越響亮，愛莎也微笑着。「我聽見了，我已在途上。」

當愛莎和諾克走到阿圖哈蘭附近，她被眼前的景象震懾了。

這條神秘的河流，原來是一個冰川！

那把聲音繼續從這巨大的冰川裏呼喚着她。

　　愛莎在岸邊下了馬。她立刻便感受到阿圖哈蘭那強大的魔法力量在呼召她，沒有留意到諾克轉身離開，在黑海中消失不見了。

愛莎踏進冰洞之際，心情既緊張又興奮。她這輩子最
期待的，就是要找到阿圖哈蘭。

愛莎在這神秘的冰世界中，繼續追隨着那把呼喚她的聲音。她勇敢地從一條冰柱跳到另一條冰柱。她聽見呼喚聲從深谷裏傳來，於是立刻用冰魔法創建了一條樓梯，往下跑進黑暗裏。沒有任何事能阻止她追尋那把聲音！

最後，愛莎來到了一個偌大的房間。牆上和天花板有些模糊的影像在飛舞。愛莎並不知道這些影像是什麼意思。然而，當她繼續歌唱，有些影像漸漸變得清晰起來，愛莎發現這些影像都是來自過去的。那個低頭望着她的女人，那把呼喚她的聲音，原來是她母親伊冬娜。

愛莎跟伊冬娜一起唱着，圍繞她的這些記憶都變得
澄明。愛莎的能力越來越強大，她找到了自己命中注定
的身分。愛莎成為了冰雪女王。

愛莎很興奮地運用自己的能力，提取了更多的記憶片段，想從昔日的歷史中，揭開魔法森林的秘密。她越找越深，走得有點太遠了，就正如她母親的搖籃曲所警告過的。

當愛莎終於發現了許多謊言背後的驚人真相，冰雪將她團團圍住，冰封在半空！

愛莎陷入了危險，只好用最後一口氣，將信息傳送給安娜，將自己所知的一切告訴她。

在黑海另一邊的一個大洞穴中，安娜跟雪寶一起等待着。愛莎不讓他們一起冒險，想確保他們安全。

愛莎的魔法傳送到他們那裏，出現了一個冰雕的記憶影像，安娜也知道了這隱藏已久的真相：他們的祖父興建水壩，為要騙取挪書特人的信任，好讓他可以接近他們，進而突襲他們。祖父引發了戰爭，使自然之靈形成一股不能穿越的迷霧，重重籠罩着魔法森林。

安娜必須修正這過去的錯誤。

安娜清楚知道要怎樣做。她帶着雪寶離開的時候，雪寶
突然停了下來。安娜仔細看他，看見雪花開始從他身上飄走。
安娜知道魔法開始失效，這也代表愛莎遇上麻煩了。她緊緊
地抱着小雪人，忍着眼淚說：「我愛你。」

雪寶消失後，安娜知道
愛莎也不在了。她一個人坐
了下來，感到很絕望：生活
中再也沒有了姊姊，沒有了
她心愛的雪人，該怎麼辦？

安娜深深地吸了口氣。
她知道這時必須堅強，
要去做正確的事——要
把水壩毀了。洪水會
淹沒她所愛的阿德爾
王國。也許這是自然
之靈要趕走他們的原
因。

安娜走出洞穴，觀看四周。她緩緩地踏出
一步，然後再一步，走向河流。

到了河邊，安娜找到了沉睡中的大地巨人。「起來啊！」她叫道。

巨人們慢慢地站起來，然後開始追着她。她在大樹和灌木中穿梭，將大地巨人領到森林深處。

但她很快發現自己被大地巨人擋住了去路！克斯托夫和斯特快步趕來，將她救起——時間剛好！

克斯托夫和斯特盡力將安娜帶到最接近水壩的位置，但阿德爾的軍人馬提斯中尉卻想要阻止她。他彷彿知道了安娜心裏的計劃。

「必須要毀掉水壩。」她說。安娜解釋胡納國王怎樣背叛了所有人，愛莎又是怎樣犧牲所有讓真相水落石出。

馬提斯中尉想了想，然後他和他的軍隊都願意幫助她。

安娜一躍而上，跳到了水壩的中央。「拋出你們的巨石吧！」她對大地巨人叫道。

水壩在她腳下開始崩塌，安娜立刻跑向馬提斯中尉，用力一跳。馬提斯中尉和克斯托夫就在她差點向下掉之前牢牢抓住了她。

安娜無私的行動引發了奇蹟！在阿圖哈蘭，冰封着愛莎的冰塊開始裂開！愛莎騎着諾克，趕往阿德爾王國。

水壩既毀，洪水便開始撲向王國裏的村落。幸好，愛莎和諾克及時抵達阿德爾，愛莎施展了冰封魔法阻擋了洪水。村落安全了！

迷霧漸漸散去，魔法森林裏的人都抬頭望天。詛咒已被解除，他們終於回復自由了！挪書特人和阿德爾人之間的仇恨，也像魔法迷霧那樣煙消雲散，他們於是一起慶祝。

「三十四年──」馬提斯中尉開始說。

「五個月──」挪書特人的領袖依蓮娜接着說。

「零二十三日。」馬提斯中尉補完。

他們不再是敵人，兩位老朋友相視而笑。

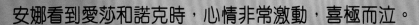

安娜看到愛莎和諾克時，心情非常激動，喜極而泣。

　　她立刻上前緊緊地擁抱着愛莎。不久之後，她們發現這次的成功是因為她們能夠攜手合作，於是承諾將來也要維持這樣的關係。愛莎負責看管水之靈、火之靈、地之靈和風之靈，而安娜則當阿德爾的女王。

在風之靈基爾的幫忙下，愛莎讓雪寶重生了。小雪人很開心能再見到他的這些朋友。

「幸好水有記憶呢！」愛莎說。

驚喜還一浪接一浪。克斯托夫跪在安娜跟前，拿出他一直放在口袋中的戒指。「我全心全意愛你。你願意嫁給我嗎？」

「我願意！」安娜大聲說。

幾個星期後，安娜女王來跟人民見面，而成為了將軍的馬提斯則自豪地站在她身旁。安娜女王向人民展示了一個雕像，頌揚她母親——一位年輕的挪書特女孩，跟她父親——年輕的阿德爾王子，和平共處。

基爾也來了，在安娜身邊旋轉。「我有個信息想要傳給姊姊。」安娜拿起一封信。基爾把信吹起來，帶離阿德爾王國。

基爾呼呼地吹進魔法森林，愛莎接住了飄到她眼前的信。「星期五晚來玩字謎遊戲。」她讀着，「別遲到啊。也不用擔心，阿德爾王國一切安好。繼續看管那些精靈吧。我愛你。」

雖然姊妹倆分開生活，但她們卻感到無比的親近，對彼此都很有信心，知道她們攜手協力就能維持世界上的和平與平衡。

諾克從溪裏走上來，愛莎欣喜地迎接他，然後愉快地騎着諾克穿過森林。

愛莎騎着諾克在大地上奔馳，非常契合。愛莎感到很自由，知道她和妹妹各自在最適合她們的位置上，她由衷地感到快樂滿足。

112

魔雪奇緣 2
FROZEN II

歡迎回家

馬提斯中尉是阿德爾王國裏最受人尊敬的軍官之一。
阿德爾的胡納國王為鄰國的挪書特人興建了一座水壩,而
在水壩建成的慶典上,國王亦帶上了馬提斯中尉。

後來不知怎的，阿德爾人和挪書特人之間突然展開了戰爭！

勇敢的馬提斯先將阿德爾的王子——艾爾納帶到安全的地方，才回頭參與戰事。然而，奇怪的事情發生了。大風吹起，大火亦遍布森林，大石在空中亂飛，附近的峽灣掀起巨浪，狠狠地沖擊着海岸。

自然之靈憤怒了！

這些自然之靈形成了一股迷霧，三十年來重重地籠罩着魔法森林，不許任何人進出，直至安娜和愛莎修好了挪書特人和阿德爾人的關係，重建和平。

多年後，馬提斯終於要回到阿德爾了……回到那些他當
年遺下的人那裏，例如希莉瑪。馬提斯最初認識希莉瑪時，
她在克晨壁爐店裏工作，如今，她已成了這家店的老闆。

「這裏改變了很多。」馬提斯對安娜說。
安娜對着希莉瑪點點頭。「幸好，還有些東西沒變。」

雖然馬提斯在阿德爾長大，但他不在的這些年間，這地方改變了很多，他也需要點時間適應。安娜成為女王之後，阿德爾對她來說也有點不一樣了。

安娜想到了一個主意，或許能幫助他們倆適應環境。

「不如來一個英雄式的迎接，再來一次新阿德爾遊覽？」她問道。

「英雄式的迎接就不必要了，陛下，但能一起遊覽就太好了。」馬提斯說着，深深鞠躬，「或許我們還可以一邊走，一邊拍照？」

「好主意啊！叫我安娜就可以了。」她說。

馬提斯也同意了。於是，他倆便跟宮廷攝影師費恩
一起，展開遊覽阿德爾之旅。

安娜和馬提斯首先來到了城鎮
廣場。

124

「小時候我曾經在這座噴泉裏放紙船呢。」安娜說。

「你的爸爸也是呢。」馬提斯說。「我見過他偶爾在這裏拿起一些濕透的紙船。」

馬提斯笑了笑。「我以前跟爸爸來城鎮廣場時，總會在這裏停留。他會給我一些硬幣，讓我投進水池裏許願。」

這時，空氣中傳來一陣熟悉的氣味，引起了馬提斯的注意。

安娜嗅了嗅，立刻認出這陣撲鼻而來的氣味，來自魚店的鹹漬魚。

「真是充滿回憶的味道啊！」她說。

馬提斯臉色也柔和起來。「我父母幾乎天天都吃魚。
魚乾、魚湯，還有燻魚。」

　　安娜也笑了起來。「真的很多魚呢！」

　　馬提斯點點頭，「真想跟家人吃一頓大餐呢。」

　　「現在跟我一起吃烤魚串如何？」
安娜問。

　　他們倆走進店裏，享受着美味的
小吃。

他們繼續走着，聽見鐘樓傳來緩慢的鳴響。
這些鐘聲也勾起了安娜的一些回憶。

　　她回想道：「小時候，我獨自在城堡裏玩耍。
當鐘聲響起的時候，我就會跑到窗前，想像一下
外面的世界是怎樣的。」

　　「每當我聽見鐘聲時，它總是提醒着我是時
候回家了。」馬提斯補充說。

接下來的一整天，他們都在阿德爾走着，重新發現這個他們自幼成長的地方。

太陽快要下山的時候，他們來到了一座新的雕像前，那是艾爾納國王和伊冬娜皇后孩童時期的雕像。

馬提斯和安娜一同停下了腳步。

「我很想念他們。」安娜小聲地說。

馬提斯明白她的感受。「我的爸爸常說：別把一切視作理所當然，因為當你以為找到了當行之路，命運又會將你帶到一條新的路徑。」

安娜微笑着，回想起她經歷過的精彩旅程，由城堡出發……

走到魔法森林……

……最後成為了阿德爾王國
的新女王。

「我們的路都不平凡啊，馬提斯。」安娜說。

「是的，陛──安娜。」他回答。「這趟冒險真不簡單。」

「而最後，我們還是回到了最美好的地方──我們的家。」
安娜說。

後來，安娜和馬提斯翻看着他們那天所拍的照片。
阿德爾的確改變了很多，但幸好那些最重要的事
情，例如友情、親情，還有對家的歸
屬感，這一切都永遠不變。

魔雪奇緣2
FROZEN II

皇室探訪

登基不久的阿德爾的安娜女王正興奮地讀着一卷書信。
「查圖王國的歌麗莎女王想約個時間來探訪我們呢。」她告
訴她最愛的雪人雪寶。

「愛莎和我上次到查圖王國時，過程真的很開心。
我們也交了些新朋友。」安娜說。
「如今輪到我為歌麗莎女王安排一次温暖的招待！
我要想一想，為她送上一份完美的禮物。」

克斯托夫和雪寶都願意幫忙，協助安娜尋找最適合的禮物。「查圖人以什麼聞名？」雪寶問。

　　「他們的藝術品。」安娜說，「如果愛莎在這裏，她就能創造出一個冬日樂園，讓來賓可以在炎炎夏日裏溜冰和滑雪，這會是阿德爾王國最特別的藝術品啊。」

「我相信你也能創造出同樣美妙的一份禮物呢！」
克斯托夫肯定地說。

「我可以雕刻冰雕。」安娜說。

「我最愛冰雕了!」雪寶說。

「我在查圖的時候,也雕刻了一個跟你一模一樣的冰雕呢,雪寶!」安娜告訴雪人,「我可以再雕一個啊。」

「不如試試雕刻一個新主題?」克斯托夫問。

「讓我想想。」安娜說，「阿德爾以什麼聞名呢？」

「安娜、愛莎、克斯托夫、斯特……」雪寶開始用手指數着。

「你總是很樂於幫忙呢，雪寶！」安娜說。

那天稍後，安娜在庭院裏努力創作着她的冰雕。

「還有最後的一下潤飾，斯特。」安娜說着，琢下最後的一塊冰，「完成了！很感謝你的幫忙啊。」

「安娜，這樣說實在有點抱歉，」雪寶說，
「但你的冰雕不太像斯特呢。」
　　「噢，糟糕了！」安娜說，「氣溫太高，
冰已經開始融化了！」

　　「我有個主意，」雪寶說。「不如試試用木來代替冰？」
安娜擁抱了小雪人。「你真的幫了個大忙啊，雪寶！」

幾個小時後，安娜正削着木頭。

「比例很重要，」安娜一面說，一面在斯特和雕像之間來回比對。「也許我還要再修一修鼻子的位置。」

唰，唰，卡隆！

「噢，糟糕了！」安娜說。

「怎麼了？」克斯托夫一邊為過熱的斯特搧涼，一邊問道。

「哼哼！」斯特說。

「除了鼻子之外，這雕像跟你一模一樣呢，朋友。」克斯托夫說。

雪寶拿了一條紅蘿蔔，放在木雕的鼻子位置，說：「這樣木雕就跟我很像了！」

他們都大笑起來。

「我不能把這雕像送給歌麗莎女王。」安娜說。

「那麼你不如用黏土來做吧？」克斯托夫問，「在黏土乾透前，你還能對鼻子作最後調整呢。」

「這主意真棒，克斯托夫。我會試試看的。」安娜說畢，轉向斯特擁抱牠，「我答應你，我會盡快完成。」

克斯托夫代斯特回答：「沒問題，可以放心信賴我的。」

然而，用黏土做的雕像並沒有比用冰和木來得容易。但安娜沒有放棄。「我要做點別的東西。」她說。

「不如問問愛莎，如果是她會怎樣做？」雪寶說。

「你說得對啊，雪寶。」安娜說，「我們常常都會問問彼此有什麼建議。」

安娜趕回室內，寫了張紙條給愛莎。寫好了，就出來呼喚親切的風之靈基爾。基爾捲着一些色彩奪目的葉子來到安娜身邊。「可以麻煩你將這封信帶給我姊姊嗎？」安娜問。

安娜當天餘下的時間，仍在想着要送怎樣的禮物給歌麗莎女王。基爾帶着愛莎的信息回來時，安娜正凝望着北極光。安娜趕快地打開信件。「找一樣能代表你的真我和王國的東西吧。」她朗讀着。

忽然，她心生一計。「我知道要怎樣做了！」

第二天早上，安娜一早起來迎
接歌麗莎女王和查圖王國的代表。
「歡迎來到阿德爾王國！」她說。
「但在前往城堡之前，我想送
你們一份特別的禮物。」

「太感謝你了。」
歌麗莎女王說。

157

　　「這位是漢斯，我們的烘培師。」安娜說，「這些
美味的窩夫餅乾，名叫克魯姆克。」

　　「很高興認識你。」歌麗莎女王說。

　　「能認識你是我的榮幸。」漢斯回答。

　　　　　　　　　「這位是安妮特。」
　　安娜說。

「這些花真香!」歌麗莎女王說。

「這個花束裏有番紅花,番紅花是我國的國花呢。」安娜說。

「這位是我們的畫師亨里克。」安娜說,「他這幅畫所畫的峽灣,正是我們城堡所坐落的地方。」

　　「我想向你展示能真正代表阿德爾王國的東西，而我越是
細想，就越發覺能代表阿德爾的，正正就是這裏的人和他們每
日所做的事。」安娜說。

　　歌麗莎女王笑着說：「我非常同意你這番話。你們的王國
以寒冷的氣溫聞名，但你這次的接待實在充滿了暖意。」